LES TRIOLETS DV TEMPS,

SELON LES VISIONS D'VN PETIT FILS

DV GRAND

NOSTRADAMVS.

FAITS POVR LA CONSOLATION

DES BONS FRANÇOIS.

ET DEDIE'S AV PARLEMENT.

A PARIS,

Chez DENYS LANGLOIS, au mont S. Hilaire,
à l'enseigne du Pelican.

M. DC. XLIX.

LES TRIOLETS
DV TEMPS,

*Suiuant les visions d'vn petit fils du grand
Nostradamus.*

QVoy donc! Paris est inuesty?
O Cieux! qui l'eût iamais peu croire.
Le Roy mesmes en est sorty.
Quoy donc! Paris est inuesty?
Il me faut donc prendre party
Pour sauuer mes biens & ma gloire.
Quoy donc! Paris est inuesty?
O Cieux? qui l'eust iamais peu croire?

Parisiens ne resuez pas tant,
La defense est tousiours permise,
En ce malheureux accident
Parisiens ne resuez pas tant.
Ca, ça, viste, il faut de l'argent,
Donnons tous iusqu'à la chemise,
Parisiens ne resuez pas tant,
La defense est tousiours permise.

Il faut estre icy liberaux
Pour sauuer la Ville alarmée,
Choisissons de bons Generaux,
Il faut estre icy liberaux
Pour nous garentir de tous maux,
Faisons vne puissante armée;
Il faut estre icy liberaux
Pour sauuer la Ville alarmée.

Qu'on taxe maison par maison,
Les petites & grandes portes,
N'importe qu'il en couste bon,
Qu'on taxe maison par maison:
Il est besoin pour la saison
Que nos trouppes soient les plus fortes;
Qu'on taxe maison par maison,
Les petites & grandes portes.

En cette iuste occasion,
Employons nos corps & nos ames,
Trauaillons auec passion
En cette iuste occasion;
Il faut tout mettre en faction,
Enfans, vieillards, hommes & femmes,
En cette iuste occasion,
Employons nos corps & nos ames.

Suiuons nostre Illustre Pasteur,
On ne peut aprés luy mal faire,
C'est vn maistre Predicateur,
Suiuons nostre Illustre Pasteur.
Cét autre Paul, ce grand Docteur,
Que toute l'Eglise Reuere;
Suiuons nostre Illustre Pasteur,
On ne peut aprés luy mal faire.

François venez tous prendre employ,
Montrez icy voftre vaillance,
Vous aurez au moins bien dequoy;
François venez tous prendre employ,
C'eft pour le feruice du Roy,
Et pour le falut de la France;
François venez tous prendre employ,
Monftrez icy voftre vaillance.

Ie veux moy-mefme aller aux coups,
Moy qui ne fuis qu'homme d'eftude,
Pour donner bon exemple à tous,
Ie veux moy-mefme aller aux coups;
S'il faut mourir ie m'y refous,
Encor que la mort foit bien rude;
Ie veux moy-mefme aller aux coups,
Moy qui ne fuis qu'homme d'eftude.

Dieu fera de noftre cofté,
Puis que nous auons la Iuftice,
Qu'on ne foit pas épouuanté,
Dieu fera de noftre cofté,
Le Parlement nous eft refté,
Pour trauailler à la police;
Dieu fera de noftre cofté,
Puis que nous auons la Iuftice.

Qu'ils prient bien nos Ennemis,
S'ils ont la pieté dans l'ame,
Ce fainct deuoir leur eft permis,
Qu'ils prient bien nos Ennemis;
Saint Germain, faint Cloud, faint Denys,
Nous auons pour nous Noftre-Dame;
Qu'ils prient bien nos Ennemis,
Sils ont la pieté dans l'ame.

Ces cruels nous ferrent en vain
Tout à l'entour de nos murailles,
Nous ne fçaurions mourir de faim,
Ces cruels nous ferrent en vain,
Tout chacun trouuera du pain
Pour raffafier fes entrailles;
Ces cruels nous ferrent en vain,
Tout à l'entour de nos murailles.

Nos Greniers font remplis de blé,
Qu'on en faffe de la farine,
Le peuple a tort d'eftre troublé,
Nos Greniers font remplis de blé;
On ne fçauroit eftre accablé
D'vn an entier de la famine;
Nos Greniers font remplis de blé,
Qu'on en faffe de la farine.

L'vn s'eft pourueu pour fix bons mois,
En fait-il befoin dauantage?
L'vn pour quatre, l'autre pour trois,
L'vn s'eft pourueu pour fix bons mois,
On a des féves & des pois,
Du lard, du beurre, & du fromage;
L'vn s'eft pourueu pour fix bons mois,
En fait-il befoin dauantage?

On a de tous les bons morceaux,
Liévres, lapins, perdrix, becaces,
On a quantité de pourceaux,
On a de tous les bons morceaux;
On a moutons, bœufs, vaches, veaux,
On en vend dans toutes les places;
On a de tous les bons morceaux,
Liévres, lapins, perdrix, becaces.

Les viures ne manqueront pas,
On peut toufiours faire ripaille,
Qu'on n'épargne point vn Repas,
Les viures ne manqueront pas,
On a dindons & chapons gras,
Et les cheuaux ont foin & paille;
Les viures ne manqueront pas,
On peut toufiours faire ripaille.

Les Cabarets font tous ouuers,
Chacun y boit, chacun y mange;
On y trouue des vins diuers,
Les Cabarets font tous ouuers;
Et c'eft là que i'ay fait ces vers,
Qui fentent la faulfe à l'orange;
Les Cabarets font tous ouuers,
Chacun y boit, chacun y mange.

Cor-

Corbeil fera bien-toft repris,
Et tou. viendra par la riuiere ;
Qu'on ne craigne point dans Paris,
Corbeil fera bien toft repris ;
On aura de tout à bon prix,
Et nous ferons tous chere entiere ;
Corbeil fera bien-toft repris,
Et tout viendra par la riuiere.

Il faut remettre Charenton
Pour y refaire le paffage,
Car autrement qu'en diroit on ?
Il faut remettre Charenton ;
Qu'on y trauaille tout de bon
Sans crainte d'vn fecond carnage ;
Il faut remettre Charenton
Pour y refaire le paffage.

Fourbiffeurs ne vous laffez pas,
Armuriers trauaillez fans ceffe,
C'eft pour armer tous nos Soldats,
Fourbiffeurs ne vous laffez pas ;
Il faut couper jambes & bras
A ceux qui nous tiennent Gonneffe ;
Fourbiffeurs ne vous laffez pas,
Armuriers trauaillez fans ceffe.

Mon Dieu l'admirable bon-heur
En ces diffentions nouuelles !
L'euffes tu pû penfer, mon Cœur ?
Mon Dieu l'admirable bon-heur !
La Baftille a pour Gouuerneur
Le fameux Monfieur de Bruffelles ;
Mon Dieu l'admirable bon-heur
En ces diffentions nouuelles !

Parifiens nous ferons des fous
Si nos Cœurs ne fe font conneftre,
Et fi nous n'agiffons bien tous,
Parifiens nous ferons des fous,
Puifque l'Arcenac eftà nous,
Il n'eft pas befoin de Grand-Maiftre ;
Parifiens nous ferons des fous
Si nos Cœurs ne fe font conneftre.

Puifque c'eft à nous les Canons
Auec les boulets & la poudre,
Bourgeois, fi mes confeils font bons,
Puifque c'eft à nous les Canons,
Pour immortalifer vos noms
Allez par tout porter la foudre,
Puifque c'eft à nous les Canons
Auec les boulets & la poudre.

Il faut chaffer le Mazarin
Qui vole tout l'or de la France ;
Fût-il plus fort, fût-il plus fin,
Il faut chaffer le Mazarin ;
Qu'il retourne delà Thurin
Pour eftre plus en affeurance
Il faut chaffer le Mazarin
Qui vole tout l'or de la France.

Vrayment nos yeux font ébloüis
Par vn charme bien ridicule,
Il a des trefors inoüis.
Vrayment nos yeux font ébloüis ;
Donnerons nous tous nos Loüis
A Rome, pour vn pauure Iule,
Vrayment nos yeux font ébloüis
Par vn charme bien ridicule.

Cordonniers, Tailleurs, & Marchans
N'allez pas fermer vos boutiques,
Quoy que le tambour batte aux chams
Cordonniers, Tailleurs, & Marchans,
Vous aurez affez de Chalans
Pour occuper vos domeftiques ;
Cordonniers, Tailleurs, & Marchans
N'allez pas fermer vos boutiques.

Boulangers trauaillez toufiours,
Serrez les efcus qu'on vous offre,
Ne regardez pas s'ils font courts,
Boulangers trauaillez toufiours,
Tant plus vous remplirez vos fours,
Tant plus vous remplirez le coffre ;
Boulangers trauaillez toufiours,
Serrez les efcus qu'on vous offre.

Ie ne plains que les Villageois,
Leurs maisons sont abandonnées,
On leur pille tout à la fois,
Ie ne plains que les Villageois,
Ils vont perdre plus en vn mois
Qu'ils n'ont gaigné dans dix années,
Ie ne plains que les Villageois,
Leurs maisons sont abandonnées.

Bonnes gens prenez garde à vous,
Les Ennemis vont au pillage,
Ils sont tous gueux & tous filous,
Bonnes gens prenez garde à vous;
Affamez comme de gros loups,
Ils cherchent à faire carnage;
Bonnes gens prenez garde à vous,
Les Ennemis vont au pillage.

Aux armes ils sont aux Faux bours,
Laquais mon pot & ma cuirace,
Qu'on fasse battre les tambours,
Aux armes, ils sont aux Faux bours;
Allons auec vn prompt secours
Contre cette meschante race;
Aux armes, ils sont aux Faux bours,
Laquais mon pot & ma cuirace.

Ne vous precipitez pas tant
Caualier de portes Cocheres,
Vostre Cheual est bien pesant,
Ne vous precipitez pas tant,
Gardez d'vn mauuais accident
Qui pourroit gaster nos affaires;
Ne vous precipitez pas tant
Caualier de portes Cocheres.

Allons puisque i'ay pris mon pot,
Allons qu'on s'auance & qu'on tuë,
Allons auec ordre au grand trot,
Allons puisque i'ay pris mon pot,
Allons frapper sans dire mot,
Allons la visiere abbatuë,
Allons puisque i'ay pris mon pot,
Allons qu'on s'auance & qu'on tuë.

Helas que de mal-heureux corps,
Dont la rage a fait vn parterre!
Que de blessez & que de morts,
Helas que de mal-heureux corps!
Les foibles ont souffert des forts,
Voila les beaux fruits de la guere;
Helas que de mal-heureux corps
Dont la rage a fait vn parterre!

François qui combattez dehors,
Pourquoy causer tant de miseres?
Songez en faisant vos efforts,
François qui combattez dehors,
Que vous auez dans ce grand Corps
Vos femmes, filles, sœurs & meres;
François qui combatte z dehors,
Pourquoy causer tant de miseres?

Si vous auez vos mesmes cœurs
En cette funeste auanture,
François cruels persecuteurs,
Si vous auez vos mesmes cœurs,
Gardez y parmy vos rigueurs
Vn sentiment pour la Nature,
Si vous auez vos mesmes cœurs
En cette funeste auanture.

Des François contre des François,
O Cieux, l'abominable rage!
L'Espagnol rit bien cette fois,
Des François contre des François,
Voila de barbares emplois,
Qui menacent d'vn grand orage;
Des François contre des François,
O Cieux, l'abominable rage!

Comediens c'est vn mauuais temps,
Prenez les armee sans vergogne;
Gardez vous d'estre faineans,
Comediens c'est vn mauuais temps,
La Tragedie est par les champs,
Bien plus qu'à l'Hostel de Bourgogne,
Comediens c'est vn mauuais temps,
Prenez les armes sans vergogne.

Violons on ne fait plus de bal
Pour cultiuer les amourettes,
Encor qu'on soit en Carnaual,
Violons on ne fait plus de bal,
On aime mieux vn bon Cheual,
Des Pistolets, & des Trompettes;
Violons on ne fait plus de bal
Pour cultiuer les amourettes.

Tous vos Galans sont empeschez,
Attendez vn accord Coquetes,
Pleurez cependant vos pechez;
Tous vos Galans sont empeschez,
C'est en vain que vous les cherchez
Pour entendre d'eux des fleuretes;
Tous vos Galans sont empeschez,
Attendez vn accord Coquetes.

Mes Cheres resuez nuit & iour
Sans metttre ny rubans ny mouches,
On ne fait plus icy l'amour,
Mes Cheres resuez nuit & iour;
Si l'on ne void bien-tost la Cour
Vous allez deuenir des souches;
Mes Cheres resuez nuit & iour
Sans mettre ny rubans ny mouches.

Adieu la Foire sainct Germain,
Consolez-vous filles & femmes,
Point de Bijous, il faut du pain;
Adieu la Foire sainct Germain,
Vrayment ce temps est inhumain,
On ne donne plus rien aux Dames;
Adieu la Foire sainct Germain,
Consolez vous filles & femmes.

On ne veut point d'Enfarinez,
Tandis qu'il faut mettre le Casque,
Mignons vous serez condamnez,
On ne veut point d'Enfarinez;
Mais n'en soyez pas estonnez,
Laissez passer cette bourrasque,
On ne veut point d'Enfarinez,
Tandis qu'il faut prendre le Casque.

L'Oruietan retirez-vous,
Iettez le Teatre par terre,
Vous n'attirerez plus de fous;
L'Oruietan retirez vous,
On ne sçauroit donner vingt sous
D'vn pot d'onguent en temps de guerre;
L'Oruietan retirez vous,
Iettez le Teatre par terre.

Plaideurs mettez vos sacs au croc,
Et songez à prendre les armes,
Il est temps de faire ce troc,
Plaideurs mettez vos sacs au croc;
Point d'Arrests, cela vous est Hoc,
Sinon pour calmer ces vacarmes;
Plaideurs mettez les sacs au croc,
Et songez à prendre les armes.

Huissiers, Procureurs, Aduocats
Laissez vn peu moisir vos Causes,
Vous ne sçauriez gaigner grand cas,
Huissiers, Procureurs, Aduocats,
La guerre ne le permet pas,
Le desordre est en toutes choses;
Huissiers, Procureurs, Aduocats,
Laissez vn peu moisir vos Causes.

Medecins soyez bien contens,
Les Maltotiers ont tous la fiévre,
S'ils ont volé depuis vingt ans,
Medecins soyez bien contens,
On leur fait tout rendre en ce temps;
Chacun d'eux tremble comm' vn Liévre,
Medecins soyez bien contens,
Les Maltotiers ont tous la fiévre.

Pendant ces funestes malheurs
Tenez vous prests Apothicaires,
Si l'on veut reformer les mœurs
Pendant ces funestes malheurs,
Il faut bien purger des humeurs,
Et réiterer des clisteres;
Pendant ces funestes malheurs
Tenez vous prests Apothicaires.

Fraters faites bien des onguens,
Et qu'on forte de la boutique,
Les bleffez font par tous les chams,
Fraters faites bien des onguens;
Il faudra bien quitter vos gans
Pour mettre les mains en pratique;
Fraters faites bien des onguens,
Et qu'on forte de la boutique.

Voleurs, fongez à bien voler,
La faifon en eft fort commode;
Craignez vous de mourir en l'air?
Voleurs fongez à bien voler,
D'ailleurs à franchement parler,
Par tout c'eft auiourd'huy la mode;
Voleurs fongez à bien voler,
La faifon en eft fort commode.

Pillez toufiours plus hardiment,
Il eft temps de faire fortune,
Vn chacun pille impunément,
Pillez toufiours plus hardiment,
De nuit on peut adroitement
Prendre le Soleil à la Lune;
Pillez toufiours plus hardiment,
Il eft temps de faire fortune.

AH Dieu qu'eft-ce que i'apperçoy
Auecque mes grandes lunettes?
C'eft vn Hydre en l'air que ie croy;
Ah Dieu! qu'eft-ce que i'apperçoy?
C'eft vn Monftre, vn ie ne fçay quoy:
Mais voyons vn peu les Planetes;
Ah Dieu qu'eft-ce que i'apperçoy
Auecque mes grandes lunettes?

Sur Paris ie voy Iupiter
Qui nous fait affez bon vifage,
Mercure eft preft de nous quiter,
Sur Paris ie voy Iupiter,
Et Mars va fe precipiter
Dans l'Occident; c'eft bon prefage;
Sur Paris ie voy Iupiter
Qui nous fait affez bon vifage.

Courage l'accord s'en va fait,
Ie viens de l'apprendre des Aftres,
François tout nous vient à fouhait,
Courage l'accord s'en va fait,
Vous en verrez bien toft l'effet
Par la fin de tous nos defaftres;
Courage l'accord s'en va fait,
Ie viens de l'apprendre des Aftres.

Il n'aura pas ce qu'il pretend
L'Efpagnol qui cherche fes villes,
C'eft en vain qu'il eft fi content,
Il n'aura pas ce qu'il pretend,
Qu'il ne fe chatoüille pas tant
Pendant nos difcordes ciuiles;
Il n'aura pas ce qu'il pretend
L'Efpagnol qui cherche fes villes.

Il s'en va ce grand Cardinal
Qui n'a ny vertu ny fcience,
Paris tu n'auras plus de mal,
Il s'en va ce grand Cardinal,
Vn vaiffeau luy fert de Cheual;
Ne crain pas qu'il reuienne en France,
Il s'en va ce grand Cardinal
Qui n'a ny vertu ny fcience.

Qu'il aille vers le Maraignon,
S'il aime tant le fruit des Mines,
L'or y croift comme icy l'oignon,
Qu'il aille vers le Maraignon,
Il aura du fin & du bon
Pour en faire des Mazarines;
Qu'il aille vers le Maraignon,
S'il aime tant le fruit des Mines.

Les Nieces font au defefpoir
Du malheur de fon Eminence,
La Cour ne les ira plus voir,
Les Nieces font au defefpoir,
Elles vont perdre leur pouuoir
Auec leur trop haute efperance;
Les Nieces font au defefpoir
Du malheur de fon Eminence.

Monfieu

Monsieur le Prince de Condé
A bien moderé sa colere,
Il se void si mal secondé,
Monsieur le Prince de Condé,
Qu'il est prest de quitter le dé
A son Illustrissime Frere;
Monsieur le Prince de Condé
A bien moderé sa colere.

Le Parlement a le dessus,
Il faut qu'on luy donne des Palmes,
Ses Ennemis n'en peuuent plus,
Le Parlement a le dessus;
Et malgré le temps si confus,
Toutes choses vont estre calmes;
Le Parlement a le dessus,
Il faut qu'on luy donne des palmes.

Le Roy sera bien-tost icy,
Que chacun en saute de joye,
Ne nous mettons plus en soucy,
Le Roy sera bien-tost icy;
Il va reuenir Dieu mercy,
C'est le Ciel qui nous le renuoye;
Le Roy sera bien-tost icy,
Que chacun en saute de joye.

Monsieur le Prince de Conty,
Auec son zele & sa prudence,
A bien soustenu son party,
Monsieur le Prince de Conty,
L'Vniuers doit estre aduerty,
Qu'il a sauué la pauure France;
Monsieur le Prince de Conty,
Auec son zele & sa prudence.

Il le faut loüer hautement,
Ce vaillant Duc de Longueuille,
Bourgeois, Messieurs du Parlement,
Il le faut loüer hautement,
Il a trauaillé puissamment
Au bien de la cause ciuile;
Il le faut loüer hautement,
Ce vaillant Duc de Longueuille.

Ce genereux Duc de Beaufort
Sera bien auant dans l'Histoire;
Dieu l'a tiré d'vn cruel Fort,
Ce genereux Duc de Beaufort,
Pour seruir icy de renfort,
Et pour releuer nostre gloire;
Ce genereux Duc de Beaufort
Sera bien auant dans l'Histoire.

Monsieur d'Elbeuf & ses Enfans,
Ont fait tout quatre des merueilles,
Qu'ils sont pompeux & triomphans,
Monsieur d'Elbeuf & ses Enfans;
On dira iusqu'à deux mille ans,
Comme des choses nompareilles;
Monsieur d'Elbeuf & ses Enfans,
Ont fait tous quatre des merueilles.

Admirons Monsieur de Boüillon,
C'est vn Mars, quoy qu'il ait la goutte,
Son Conseil s'est trouué fort bon,
Admirons Monsieur de Boüillon,
Il est plus sage qu'vn Caton,
On fait bien alors qu'on l'écoute;
Admirons Monsieur de Boüillon,
C'est vn Mars quoy qu'il ait la goute.

Cét Inuincible Maréchal,
Qu'on a tenu dans Pierre Ancise;
Aprés qu'il fut franc de ce mal,
Cét Inuincible Maréchal,
Il presta son bras martial
Pour mettre Paris en franchise;
Cét Inuincible Maréchal,
Qu'on a tenu dans Pierre Ancise.

Ie ne puis taire ce grand Cœur,
Que tout Paris vante & caresse,
C'est ce Marquis tousiours Vainqueur,
Ie ne puis taire ce grand Cœur,
C'est le Capitaine sans peur,
Qui trauaille & combat sans cesse;
Ie ne puis taire ce grand Cœur,
Que tout Paris vante & caresse.

Qu'on prepare de beaux Lauriers,
Pour leur en faire des Couronnes,
A tous nos Illuftres Guerriers,
Qu'on prepare de beaux Lauriers,
Puis qu'en ces mouuemens derniers,
Ils ont fignalé leurs perfonnes;
Qu'on prepare de beaux Lauriers,
Pour leur en faire des Couronnes.

Toft aprés la Paix de Paris
Sera la Paix Vniuerfelle,
Chacun reprendra fes Efprits,
Toft aprés la Paix de Paris,
On n'entendra plaintes ny cris,
On ne verra plus de querelle;
Toft aprés la Paix de Paris,
Sera la Paix Vniuerfelle.

Chacun viura dans le repos,
Sans craindre fiege ny bataille,
On ne parlera plus d'impôts,
Chacun viura dans le repos,
Gare les verres & les pots,
Quand on aura baiffé la Taille;
Chacun viura dans le repos,
Sans craindre fiege ny bataille.

Ces Partifans fi gros & gras,
Qui mettoient tout le monde en peine.
Seront eux-mefmes mis à bas,
Ces Partifans fi gros & gras,
Ils font affeurez du trépas,
Ou de leur ruine prochaine;
Ces Partifans fi gros & gras,
Qui mettoient tout le monde en peine.

Ce gros ventru qui s'eft fauué,
N'en eft pas mieux pour eftre en fuite,
Car fi iamais il eft trouué,
Ce gros ventru qui s'eft fauué,
Il peut bien dire fon Salué,
Et fon In manus tout en fuite;
Ce gros Ventru qui s'eft fauué,
N'en eft pas mieux pour eftre en fuite.

Viue Viue le Parlement,
Qui va mettre la Paix en France;
Qu'on chante folemnellement
Viue Viue le Parlement;
Il ofte tout déreglement,
Pour nous ofter toute fouffrance;
Viue Viue le Parlement,
Qui va mettre la Paix en France.

FIN.

AV PARLEMENT.

Rançois comme ie ſuis, ſerois-ie pas coupable
Si ie n'offrois ces Vers,
A qui regle la France, & que ie tiens capable
De regler l'Vniuers?
Ouy, de bon cœur ie vous les donne,
Auec mes vœux & ma perſonne.